HOMMAGE

À HENRY-LE-GRAND,

OU

LE RETOUR AU BONHEUR,

ALLÉGORIE LYRIQUE.

De l'Imprimerie de Leblanc.

HOMMAGE

À HENRY-LE-GRAND,

OU

LE RETOUR AU BONHEUR,

ALLÉGORIE LYRIQUE;

Poème de Coffin de Rony,

Trésorier de la Société académique des Sciences de Paris.

Musique de Foignet fils.

Dédié à S. M. Louis XVIII.

Enfin, je puis mourir dans une paix profonde,
Le succès, ô mon Roi ! couronne mes désirs.
J'ai revu dans ces lieux l'espérance du monde ;
Je suis récompensé de mes longs déplaisirs !

PARIS,

Chez { TREUTTEL et WURTZ, rue de Lille, n° 17 ;
{ LOCARD et DAVI, Libraires, faubourg Saint-Germain.

1814.

PERSONNAGES.

JUPITER.

APOLLON.

LES MUSES.

UN GRAND-PRÊTRE.

Prêtres et Prêtresses.

Les Ambassadeurs des Puissances alliées.

Guerriers.

Peuple.

La Scène est à Paris.

Le Théâtre représente, dans son fond, une des Portes de Paris.

En avant et de chaque côté sont les Boulevards ; près de la Porte et contre les arbres sont étendues à terre les Statues des Dieux.

Dans le milieu est placé un tombeau ; sur ses marches sont, de chaque côté, la Discorde tenant son brandon, et l'Envie armée d'un poignard.

Les deux Divinités infernales soutiennent la pierre de la tombe qui reste entr'ouverte.

En avant de la tombe, le Génie de la France en deuil tient son flambeau renversé.

AU ROI.

Sire,

J'ai l'honneur de présenter à Votre Majesté une Allégorie tirée de la Mythologie. Cet ouvrage est dicté par le cœur.

J'ai été conduit, pendant les tempêtes de la révolution, sur la place de Chambéry pour être fusillé, parce que, pendant le siége de Lyon, j'avais dit publiquement qu'étant né avec un *Dieu* et un Roi, je voulais mourir pour eux.

Cette idée bien naturelle m'a sans doute sauvé la vie, et c'est à elle que je dois le bonheur de remercier Dieu de me rendre mon Roi.

J'ai donc pensé qu'il m'était permis d'offrir à mon Roi, au Souverain que je désirais depuis long-temps, le vœu de toutes les âmes honnêtes de son Royaume.

En ce jour de bonheur et de gloire, je puis m'écrier comme le Patriarche Siméon :

> Enfin, je puis mourir dans une paix profonde,
> Le succès, ô mon Roi ! couronne mes désirs.
> J'ai revu dans ces lieux l'espérance du monde ;
> Je suis récompensé de mes longs déplaisirs !

SIRE,

DE VOTRE MAJESTÉ,

Le très-humble, très-obéissant, et très-fidèle et sujet serviteur,

COFFIN DE RONY,

BEAU-FILS DE MILLOT, ANCIEN ACCOUCHEUR
DE S. A. R. MADAME LA DUCHESSE DE BOURBON.

HOMMAGE

À HENRY-LE-GRAND,

OU

LE RETOUR AU BONHEUR.

SCÈNE PREMIÈRE.

APOLLON, JUPITER.

APOLLON.

Tout, en ces lieux, inspire la terreur!
Et cette tombe.... et ce silence....

JUPITER.

Ah ! dites-moi quel sort dévastateur
   A pu changer ainsi la France ?
     Nos autels renversés
   N'obtiennent plus d'hommages ;
     Et les Dieux méprisés
   Souffriraient tant d'outrages !

APOLLON.

Maître des Dieux, calmez votre courroux:
Pour Jupiter, pardonner est si doux !

JUPITER.

Non, tant d'horreurs méritent mon courroux.
Tout criminel doit tomber sous mes coups.

2

6

APOLLON.

Maître des Dieux, calmez votre courroux :
Pour Jupiter, pardonner est si doux !

ENSEMBLE.

JUPITER.

Non, tant d'horreurs méritent mon courroux.
Tout criminel doit tomber sous mes coups.

APOLLON.

A la clémence,
Livrez votre cœur !
Oubliez l'offense !
Ne voyez que leur douleur !

JUPITER.

De l'un à l'autre bout j'ai parcouru la France,
Et je n'ai rencontré que la triste indigence,
Le crime triomphant et l'innocence en pleurs,
La vertu méprisée et par-tout des malheurs.

APOLLON.

Ah ! détournez votre vengeance.
Plaignez le Français malheureux !
Ne confondez pas l'innocence
Avec les attentats de quelques-uns d'entr'eux.

JUPITER.

Non, tant d'horreurs, etc.

APOLLON.

Ah ! plaignez ce peuple victime
Et malheureux depuis long-temps !
Dans ses tristes égaremens,
Toujours il eut horreur du crime,
Par qui, des chefs cruels, vils rebuts à-la-fois
De la nature et des lois,

Ont immolé le plus juste des Rois.

. . . .

Les pleurs qu'il a versés, la douleur qui l'anime
Doivent faire oublier ses funestes transports.

JUPITER.

Hélas! pourquoi faut-il que le remords
Ne parle au cœur qu'après le crime!....
Mais je vois en ces lieux l'ombre du grand HENRY!
En vain, pour le venger, le ciel encore tonne!
Il dit avec douleur : Mon peuple est trop puni;
Oui, je l'aime toujours, et mon cœur lui pardonne.

ENSEMBLE.

A la clémence,
Livrons notre cœur.

Oublions
Oubliez } l'offense.

Ne voyons
Ne voyez } que leur douleur.

(*On entend au loin une musique triste et des gémissemens*).

JUPITER.

Mais quels accens plaintifs viennent porter dans mon âme attendrie un sentiment pénible et douloureux?

APOLLON.

C'est ici, c'est là dans cette tombe que reposent les tristes victimes d'une faction parricide. Trop long-temps le ciel permit que son audace effrénée trompât la France. Mais j'en suis témoin, et je le jure par le Styx! au milieu des horreurs de l'anarchie, les noms de HENRY et de LOUIS lui furent encore chers, et ses larmes mouillèrent les débris de leurs images renversées. Dans cette crise sanglante, le crime est aux partisans d'une philosophie aussi insensée que cruelle. Oui, le Français, entraîné par un torrent fougueux, fut toujours brave au milieu des horreurs de la guerre, et crut n'obéir qu'à l'honneur. Fidèle à ce noble sentiment, se consolant de ses maux au sein des combats, il ne fut qu'égaré, et sa première erreur fut, alors, de croire encore aux vertus.

JUPITER.

Rassurez-vous, aimable Dieu des Muses; la justice éternelle ne peut confondre les factieux avec un peuple séduit, et victime de leurs épouvantables forfaits. Qu'ils tremblent les monstres! En vain, jusqu'aujourd'hui, leur audace orgueilleuse a compté sur leurs nombreux bataillons. La foudre roule sur leurs têtes, et les farouches Euménides les entourent de leurs feux, vengeurs des homicides. Bientôt ces vils esclaves d'un tyran sanguinaire iront au fond du Ténare expier leurs forfaits par des tourmens éternels.

Quant aux fils de HENRY et de LOUIS, pour prix d'un trépas à la France si funeste, un jour les roses et les lys couvriront leur tombeau pour reprendre plus d'éclat : alors laissant l'univers respirer sans alarmes, comme eux ils seront l'appui et l'honneur de leur patrie.

(*On entend de nouveau les sons d'une musique lugubre*).

Mais les infortunés habitans de Lutèce viennent en ces lieux. Dérobons-nous à leurs regards, et préparons leur retour à la vertu et au bonheur.

SCÈNE II.

Les Prêtres et Prêtresses *portant les trépieds sacrés, sur lesquels ils jettent de l'encens.*

CHŒUR.

Dieux justes et clémens,
Recevez notre encens!
Prenez pitié de nos larmes!
Faites cesser nos alarmes!

LE GRAND-PRÊTRE.

Mortels trop malheureux,
Au ciel portez vos vœux.
Implorons tous sa bonté tutélaire,
Pour qu'il suspende sa colère.

CHŒUR.

Dieux justes, etc.

LE GRAND-PRÊTRE.

A nos douloureux accens,
Grand Dieu, ne sois pas insensible!
A de si cruels tourmens,
Pourrais-tu rester inflexible?
La mort, hélas! nous poursuit en tous lieux!
Délivre-nous d'un monstre furieux;
De ces tyrans perfides
Qui, cachant dans leur cœur des desseins homicides,
Osèrent, en foulant les lys,
S'asseoir au trône de Louis.

O crime!.... ô forfait incroyable!....
Hâte-toi de punir ces lâches assassins;
Mais distingue, grand Dieu! l'innocent du coupable,
Et prends pitié de nos destins.

CHŒUR.

Dieux justes, etc.

LE GRAND-PRÊTRE *animé de l'esprit prophétique.*

Mais quel Dieu vient agiter mes esprits! Apollon m'inspire! A mes yeux dessillés, sa bonté tutélaire ouvre le livre des destins. Mânes plaintifs de tant de victimes, apaisez vos douloureux gémissemens. A la prière de LOUIS et de HENRY, montez au céleste séjour. Et toi, France, relève ta tête flétrie par de si longs malheurs! Un héros vers ces lieux s'avance. Franchissant les monts glacés de l'Ingrie, ALEXANDRE, à la tête d'une belliqueuse jeunesse, vient briser vos fers. Mars le couvre de son Egide. Les peuples de l'antique Germanie, berceau de vos pères, se joignent à lui. La Suède, la Prusse arment en votre faveur; les Anglais même, vos rivaux en gloire, aujourd'hui devenant vos frères, secondent les nobles desseins de ce jeune héros, et ses mains victorieuses vont planter l'olivier de la paix sur la tombe du tyran.

(*On entend une marche guerrière*).

Entendez-vous ces sons guerriers et ces chants d'allégresse?

SCÈNE III.

Les mêmes, *les Ambassadeurs des Puissances alliées*, *Troupes des cinq Rois. Le premier rang est armé de lances à large fer. Les Habitans de Paris.*

CHŒUR *des Puissances alliées.*

Peuple Français, séchez vos larmes !
    Un jour plus heureux
Va succéder au bruit des armes,
    Et combler vos vœux !

CHŒUR *des Prêtres et des Parisiens.*

D'Alexandre chantons la gloire !
    Quand il vient nous sauver tous,
Pour mieux célébrer sa victoire,
    Formons les chants les plus doux !

CHŒUR *général.*

D'Alexandre chantons, etc.

LE GRAND-PRÊTRE.

O vous, dont les mains protectrices
Ont terminé la honte de nos fers,
Monarques que les Dieux propices
Ont choisis pour donner la paix à l'univers,
Venez mêler vos chants à nos cris d'allégresse !
    Nos cœurs, gardant avec tendresse
        L'immortel souvenir
Du généreux secours que vous a dû la France,

Aux fastes glorieux d'un heureux avenir,
Vont transmettre vos noms avec reconnaissance.

CHŒUR *général.*

De tous ces Rois, chantons la gloire!
Ils viennent nous sauver tous.
Pour mieux célébrer leur victoire,
Formons les chants les plus doux!

LE GRAND-PRÊTRE.

Et toi, jeune héros,
Magnanime ALEXANDRE;
Toi qui sus entreprendre
De si nobles travaux,
Jouis de ta conquête,
Immortel guerrier!
Minerve va ceindre ta tête
D'un double laurier.

CHŒUR.

Minerve va ceindre ta tête
D'un double laurier.

LE GRAND-PRÊTRE.

Ton bras sauve Lutèce,
Et lui rend encore son Roi!
Le conquérant de la Perse
Ne fut jamais si grand que toi!
Reçois le prix de la victoire;
Le monde entier te le donne aujourd'hui.
D'Alexandre-le-Grand, tu surpasses la gloire;
Mais, pour notre bonheur, vis plus long-temps que lui!

CHŒUR *général.*

Ton bras sauve, etc.

L'AMBASSADEUR RUSSE.

Français, ALEXANDRE connaît les sentimens de respect et de reconnaissance qui vous animent. Son cœur
est plus jaloux de terminer vos malheurs, que de voir
reporter vers lui ces chants flatteurs dus à tous les Rois
ses alliés. Egaux en gloire, tous ont été animés du même
zèle. Leurs sacrifices sont les mêmes; et dans cette lutte
sanglante où leur courage a triomphé, vous devez voir
en eux, non des vainqueurs, mais de généreux libé-
rateurs.

C'est donc au nom de LL. MM. FRANÇOIS II, FRÉDÉ-
RIC et GEORGES III, ainsi qu'au nom d'ALEXANDRE,
que nous jurons la paix à la France, et la guerre aux
ennemis des Bourbons et de LOUIS XVIII.

Chant.

En rétablissant les lys,
Nous jurons tous de défendre Louis!

CHŒUR.

Nous jurons, etc.

L'AMBASSADEUR.

Paix à la France!

CHŒUR.

Paix à la France!

L'AMBASSADEUR.

Guerre, guerre à outrance,
A tous les ingrats qui, de Louis, désormais,

Oubliant la clémence,
Oseraient méditer de coupables projets.

*(La foudre frappe la tombe qui s'engloutit. On voit,
dans le fond du théâtre, le Parnasse occupé par les
Muses, qui sont présidées par Apollon. Le Buste
de HENRY IV est dans le milieu ; sa tête est sur-
montée d'une auréole lumineuse).*

L'AMBASSADEUR.

Air : *Vive HENRY IV.*

Gloire soit rendue
Au nom de ce héros.
A cette vue
Oublions tous nos maux :
La France abattue
Lui dut gloire et repos.

CHŒUR.

Gloire soit rendue
Au nom de ce héros!

L'AMBASSADEUR.

Ombre chérie,
Plane sur tes enfans!
Pour la Patrie,
Fais que tes descendans
Imitent ta vie,
Tes vertus, tes talens.

CHŒUR.

Pour la Patrie, etc.

(Apollon et Minerve descendent du Parnasse).

APOLLON.

Des arts, Muses aimables,
Quittez ma cour.
Répandez-vous sur ces bords agréables,
Et régnez dans ce séjour.

DUO.

MINERVE.

Aimable Paix, des Arts et du Génie,
Viens essuyer les pleurs.

APOLLON.

Fais régner la douce harmonie,
Porte le calme dans nos cœurs.

MINERVE.

Brise les armes meurtrières
Qui portaient au loin la terreur.

APOLLON.

Plus d'ennemis,

MINERVE.

Soyons tous frères,
Et tous unis par le bonheur.

APOLLON.

Ah ! bientôt nous verrons la France fortunée
De paisibles voisins un jour environnée,
N'allant plus, chez autrui, moissonner le laurier,
Chez elle faire enfin régner sous l'olivier,
L'ordre, la probité, les arts, l'agriculture,
Le respect pour celui qui créa la nature,
Dont l'oubli chez un peuple y détruit à-la-fois
Et le goût et les arts, et les mœurs et les lois.

MINERVE.

Redoutables guerriers, enfans de la victoire,
Vous qui voulez briller d'une solide gloire,
Ne cherchez plus l'honneur dans de sanglans combats ;
Donnez, fils de HENRY, la paix à vos états !
Et parmi tant de Rois, imitez les exemples
De ceux à qui la terre a consacré des temples.
Vous obtiendrez alors des peuples satisfaits
L'amour de tous les cœurs, doux fruits de vos bienfaits.

ENSEMBLE.

Aimable Paix, des Arts et du Génie
    Viens essuyer les pleurs ;
  Fais régner la douce harmonie,
  Porte le calme dans nos cœurs.

MINERVE.

Brise les armes meurtrières
Qui portaient au loin la terreur.
Plus d'ennemis, soyons tous frères,
Et tous unis par le bonheur.

CHŒUR *général.*

Plus d'ennemis, etc.

FIN.